_____ 님께

희망찬
새해 새아침이 밝아옵니다.

새해에는
웃을 일이 많았으면 좋겠습니다.
즐겁고 행복한 시간들로 가득했으면 좋겠습니다.

새해 福 많이 받으세요!

_____ 드림

좋은

아
침

오늘

자, 여기 또 한 번
파란 날이 밝았다.
생각하라, 네 어찌 이 날을
쓸데없이 흘려보내랴?

영원에서부터
이 새 날은 탄생되어,
영원 속으로
밤에는 돌아가리라.

이 날을 일각一刻이라도
미리 본 눈이 없으나,

어느 틈엔가 영원히
모든 눈에서 사라지누나.

자, 여기 또 한 번
파란 날이 밝았다.
생각하라, 네 어찌 이 날을
쓸데없이 흘려보내랴?

–토머스 칼라일

최고의 선물

"1년의 소중함을 알고 싶으면
입학시험에 떨어진 학생에게 물어보십시오.
1년이라는 시간이 얼마나 짧은지 알게 될 것입니다.

한 달의 소중함을 알고 싶으면
미숙아를 낳은 산모에게 물어보십시오.
한 달이라는 시간이 얼마나 힘든 시간인지 알게 될 것입니다.

한 주의 소중함을 알고 싶으면
주간 잡지 편집장에게 물어보십시오.
한 주의 시간이 쉴 새 없이 돌아간다는 것을 알게 될 것입니다.

하루의 소중함을 알고 싶으면

아이가 다섯 딸린 일일 노동자에게 물어보십시오.

24시간이 정말 소중한 시간이라는 것을 알게 될 것입니다.

한 시간의 소중함을 알고 싶으면

약속장소에서 애인을 기다리는 사람에게 물어보십시오.

한 시간이 정말로 길다는 것을 알게 될 것입니다.

1분의 소중함을 알고 싶으면

기차를 놓친 사람에게 물어보십시오.

1분이 얼마나 소중한 시간인지 알게 될 것입니다.

1초의 소중함을 알고 싶으면

간신히 교통사고를 모면한 사람에게 물어보십시오.

그 짧은 순간이 운명을 가를 수 있는 시간이라는 것을

알게 될 것입니다.

1,000분의 1초의 소중함을 알고 싶으면

올림픽에서 아쉽게 은메달을 딴 사람에게 물어보십시오.
1,000분의 1초에 신기록을 세울 수 있다는 것을
알게 될 것입니다.

당신이 가진 모든 순간을 소중히 여기십시오.
시간은 아무도 기다려 주지 않습니다.
어제는 이미 지나간 역사이며,
미래는 누구도 알 수 없는 신비일 뿐입니다.

오늘이야말로 당신에게 주어진 최고의 선물입니다."

지난 2000년 1월 1일,
코카콜라 더글러스 아이베스터 회장이 직원에게 보내는
신년 메시지입니다.

중세 독일의 시인이었던 에센바흐는 말했습니다.
"시간을 지배할 줄 아는 사람은
인생을 지배할 줄 아는 사람이다."

지금 현재,

오늘을 지배하는 사람이야말로

인생을 지배하는 사람이요,

최고의 선물을 쟁취한 행복한 사람일 것입니다.

오늘 하루

"화내도 하루, 웃어도 하루"

일본의 어느 사찰 입구에 적혀 있는 글이라고 합니다.

소포클레스의 명언도 빼놓을 수 없겠죠?
"내가 헛되이 보낸 오늘 하루는
어제 죽어간 이들이 그토록 바라던 하루다."

오늘 우리에게 주어진 하루는
아주 특별한 선물입니다.

영어로도

과거는 past, 미래는 future라고 하고,

현재는 present라고 합니다.

현재, 즉 오늘은

프레젠트, 선물이라는 뜻이죠.

이 특별하고 소중한 선물을 어찌할지는

오로지 우리들의 몫입니다.

긍정의 힘

"내가 하는 일은 잘되게 되어 있다!"
"나는 무슨 일이든 해낼 수 있다."

세계 최고의 부자 빌 게이츠가
아침마다 침대에서 주문처럼 반복하는 말입니다.

생각을 조심하라. 말이 된다.
말을 조심하라. 행동이 된다.
행동을 조심하라. 습관이 된다.
습관을 조심하라. 성격이 된다.
성격을 조심하라. 운명이 된다.
결국 우리는 생각대로 된다.

발타자르 그라시안의 말입니다.

철의 여인, 마가렛 대처 영국 전 수상. 그녀의 아버지가

어린 마가렛에게 자주 들려준 말이라고 합니다.

내가 내뱉는 말이 나를 만듭니다.

말에는 특별한 힘이 있습니다.

긍정의 말은 긍정적인 결과를 불러오고

부정의 말은 부정적인 결과를 낳습니다.

새해 새아침,

긍정의 말로 시작해봅시다.

중산층의 기준

중산층을 구분하는 기준은 무엇일까요?
재산? 자동차? 학력?

미국이나 유럽의 선진국들은
경제적인 면을 중요시 하는 우리와는 다른 측면에서
중산층을 규정하는 기준을 가지고 있다고 합니다.

퐁피두 전 프랑스 대통령은 중산층을 이렇게 규정합니다.

-외국어를 하나 정도 구사하여 폭넓은 세계 경험을 갖출 것
-한 가지 분야 이상의 스포츠나 악기를 다룰 것
-나만의 특별한 요리를 만들어 손님을 접대할 줄 알 것

사회 봉사단체에 참여하여 활동할 것
－남의 아이를 내 아이처럼 꾸짖을 수 있을 것

미국의 공립학교에서는 중산층의 기준을
이렇게 가르친답니다.

－자신의 주장에 떳떳하고
－사회적인 약자를 도와야 하며
－부정과 불법에 저항하는 것
－테이블 위에 정기적으로 받아보는 비평지가 놓여있을 것

영국에서는 중산층을 구분하는 기준의 하나로
"Please", "Thank you", "Excuse me" 라는 단어를
일상에서 얼마나 자주 사용하느냐를 보기도 합니다.

자동차의 크기와 아파트의 평수보다
말이나 행동으로 그 사람의 가치와 품위를 느끼는 세상,
인간적인 너무나 인간적인 세상 아닌가요?

돈이 되는 말

'말 한 마디로 천 냥 빚을 갚는다.'
이 속담처럼 정말로 돈이 되는 말이 따로 있을까요?

미국의 유명한 여론조사기관인 조그비 인터내셔널에서
몇 해 전 7,590명을 대상으로 설문조사를 실시한 결과,
가장 돈이 되는 말로
"I am sorry"가 선정되었다고 합니다.

더욱 흥미로운 것은
연봉 10만 달러 이상의 고소득자 중에서는
92%가 "I am sorry"를 돈이 되는 말로 선택한 반면
연봉 2만5천 달러 이하의 빈곤층에서는

불과 52%만이 이 말을 꼽았다는 사실입니다.

이 결과만을 놓고 보자면
평소에 "미안합니다"란 표현을 자주 하는 사람이
그렇지 않은 사람보다
훨씬 더 부자로 살고 있다는 말이 됩니다.

그 이유는 무엇일까요?

미안하다는 말을 사용하고 표현하는 일은
생각보다 상당한 용기를 필요로 합니다.
다시 말하면,
"미안합니다"는 표현을 잘 하는 사람은
자신의 실수나 잘못을 인정할 줄 아는
용기 있는 사람이고,
그것을 통해 자신의 행동을 개선하고
삶을 발전시켜 나가는 진취적인 사람인 것입니다.

소프트 데이 Soft Day

1년 365일 중에서
보통 200일 이상 비가 내리는 아일랜드.
1년에 150일 정도 비가 내리는 곳이면
건조한 지역에 속한다고 합니다.

여름 장마가 일주일만 가도 지겨운데
아일랜드 사람들은 어떻게 살까요?

우산보다는 레인코트가 어울리고
비를 맞으며 걷는 풍경이 자연스러운 곳,
아일랜드 사람들은 비가 오는 날을
'소프트 데이'라고 부른답니다.

늑늑하고 지겨운 날이 아니라

부드럽고 말랑말랑한,

특별한 날로 맞이하는 것입니다.

이처럼

세상일은 마음먹기에 달린 것 같습니다.

비오는 궂은 날도 마음먹기에 따라서

어떤 이에게는 소프트 데이Soft Day가 되고,

어떤 이에게는 글루미 데이Gloomy Day가 됩니다.

거장의 비결

20세기 첼로의 거장, 첼로의 성자로 불리는
파블로 카잘스(Pablo Casals, 스페인, 1876~1973).

교회 오르가니스트였던 아버지의 영향으로
어린 시절부터 음악을 접했고,
11세에 바르셀로나음악원에 입학하여
호세 가르시아에게 첼로를 배운 그는 죽을 때까지
매일 여섯 시간씩 연습을 한 것으로도 유명합니다.

어느 날 젊은 기자가 그에게 물었습니다.
"선생님은 이미 세상에서 가장 위대한 첼리스트로 인정받
고 있는데 95세의 나이에도 하루에 여섯 시간씩 첼로 연

습을 하는 이유가 뭡니까?"

그러자 파블로 카잘스는 기다렸다는 듯이 대답합니다.

"그건 아직도 내 연주 실력이 하루하루 조금씩 향상되고

있기 때문이라오."

최고의 자리는 우연히 주어지는 것이 아닙니다.

20세기 첼로의 거장,

파블로 카잘스의 탄생 비결은

끊임없는 노력과 배움이었습니다.

마법의 동전

그리스 · 페르시아 · 인도에 이르는 대제국을 건설하여
그리스 문화와 오리엔트 문화를 융합시킨
새로운 헬레니즘 문화를 이룩한
마케도니아의 대왕 알렉산더.

일생일대의 전투를 하루 앞둔 어느 날 알렉산더는
부하 장병들을 불러 모은 자리에서 이렇게 말했습니다.
"지금 내가 동전 하나를 던질 것이다.
동전의 앞면이 나오면 우리는 반드시 이길 것이고,
만약 동전의 뒷면이 나오면 우리는 질 것이다.
하늘이 우리와 함께 하기를…."
알렉산더는 말을 마치자마자 동전을 던졌고

놀랍게도 동전의 앞면이 나타났습니다.

그 모습을 본 알렉산더 군대는 사기가 충천했고

그 기세를 몰아 다음날 전투에서 대승을 거두었습니다.

훗날, 당시 그 전투에 참여했던 부하 장수가

알렉산더 대왕에게 물었습니다.

"대왕, 그때 만약 동전의 뒷면이 나오면 어쩌려고 그랬습니까?"

알렉산더 대왕은 빙그레 웃으며 이렇게 대답했습니다.

"그 동전은 앞면만 있었다네!"

그렇습니다.

그 동전은 알렉산더 대왕이 특별히 제작한 것으로

양쪽 다 앞면만 새겨진 동전이었습니다.

위기의 순간,

지치고 흔들리는 장병들에게

하늘도 우리와 함께 한다는 믿음을 안겨주기 위한

알렉산더 대왕의 기지였던 것입니다.

위기와 기회는 동전의 양면과 같습니다.

마음먹기에 따라서

앞면이 될 수도 뒷면이 될 수도 있는 것입니다.

올해의 실패왕

10만 명의 직원을 거느린 세계적인 기업
혼다의 포상제도 중 하나입니다.
혼다는 한 해 동안
가장 큰 실패를 경험한 연구원에게
100만 엔의 상금을 주는 제도를 운영하고 있습니다.

문책과 책임 추궁 대신 포상이라니 재미있죠?
이는 실패를 두려워하지 말고 끊임없이 도전하라는
창업주 혼다 소이치로의 경영정신을 계승하기 위한 것이
랍니다.

혼다 소이치로의 인생은 실패의 연속이었습니다.

시멘트 공장을 운영하다가 두 번이나 파산했고,

가솔린 깡통을 모아서 재기를 시도했지만

갑작스런 지진으로 모든 것을 잃고 말았습니다.

그러나 그는 포기하지 않았습니다.

어느 날 버려진 고물 자전거 한 대를 발견하고는

그것을 주워서 고쳐 파는 일을 시작했습니다.

그러다가 모터를 단 자전거를 만들었고,

모터 달린 자전거를 오토바이로 진화시켰으며,

오토바이는 다시 자동차로 거듭났습니다.

"꿈을 가질 것,

끊임없이 도전할 것,

그리고 어떤 일이 있어도 그 꿈을 단념하지 말 것."

이것이 바로 혼다 소이치로의 정신입니다.

탁월한 선택

영국 수상 벤저민 디즈레일리에게
장교 한 명이 찾아와 남작 직위를 요청했습니다.
그 장교는 능력도 있고 품성도 좋은 편이어서
평소 수상이 아끼던 인물이었습니다.
하지만 당장 남작 직위를 주기에는
부족한 점도 많았습니다.

수상은 고민에 빠졌습니다.
남작 작위에는 아직 어울리지 않지만,
그렇다고 솔직하게 털어놓고
거절할 수도 없는 노릇이었습니다.

고심 끝에 결단을 내린 수상은 장교를 불렀습니다.

"미안하지만 남작 직위를 줄 수는 없네. 대신 그대에게 더
좋은 것을 주겠네."

"더 좋은 것이라고요?"

"그래, 이제부터 다른 사람들에게 이렇게 말할 거야.
내가 남작 직위를 내리려고 했지만 그대가 정중히 거절했
다고 ……."

수상은 그 말을 실행에 옮겼고,
남작 직위를 거절한 장교의 이야기는
장안의 화제가 되었습니다.
사람들이 모이는 곳마다
장교에 대한 칭찬이 끊이지 않았고,
장교를 만나는 사람들은
남작 이상의 예우를 갖추었습니다.

그 사건 이후,
장교는 디즈레일리 수상의 가장 충실한 참모가 되었습니다.

현명한 선택이란

자신의 손실을 최소화하면서도

상대방의 마음을 최대한 헤아려주는 기술입니다.

마음을 얻으면 사람을 얻을 수 있고,

사람을 얻으면 천하를 얻게 됩니다.

힘을 빼는 것이 비결

사막을 달리던 자동차가
모래 늪에 바퀴가 빠졌을 때 가속 페달을 밟을수록
자동차 바퀴는 더 깊이 모래 속에 박히고 맙니다.

이럴 때 모래 늪을 쉽게 탈출하는 방법은 무엇일까요?
그것은 타이어의 바람을 빼는 것이랍니다.
타이어의 바람을 빼고 천천히 전진하면
의외로 쉽게 모래 늪을 빠져 나올 수 있다고 합니다.

골프를 배울 때도 가장 중요한 것 중의 하나로
몸에서 힘을 빼는 것을 꼽습니다.
'힘 빼는 데만 3년'이 걸린다고 합니다.

지금 우리에게 필요한 건

몸의 힘, 마음의 힘을 빼고,

자존심도 체면도 잠시 내려놓고,

초심으로 돌아가서 다시 시작할 줄 아는

마음의 여유입니다.

새들을 날아오르게 하는 것

뉴질랜드에는 100여 종의 새가 살고 있는데
이 중 20여 종의 새는 날지 못한다고 합니다.
뉴질랜드의 국조國鳥인 키위를 비롯하여
카카포, 타카헤, 웨카, 블루 펭귄 등이 그들입니다.

이들이 처음부터 날 수 없었던 것은 아니라고 합니다.
천혜의 자연을 자랑하는 아름다운 섬나라 뉴질랜드에는
새들의 생존을 위협하는 포식자가 없었다고 합니다.
생태계에 존재하는 천적 포유류가 없었던 것입니다.
생존의 위협이 사라진 땅에서
자유롭게 먹이를 구할 수 있었던 새들은
굳이 하늘로 날아오를 일이 없었고

자연히 이들의 날개는 점점 퇴화했다고 합니다.

그런데 1천 년 전부터
이 땅에 인간과 함께 쥐와 족제비가 상륙하면서
날지 못하는 새들은 생존을 위협받게 되었고
멸종 위기까지 내몰린 새도 있다고 합니다.

새들에게 천적은
생존을 위협하는 존재이기도 하지만
창공을 날아오르게 하는 것은 원동력이기도 합니다.
새들을 새들답게 살 수 있게 만드는 것,
그것이 바로 천적입니다.

인간을 인간답게 만드는 것은 무엇일까요?
어쩌면 고난과 역경이야말로
인간을 인간답게 만들어주는 존재가 아닌가싶습니다.

고난과 역경은

나를 힘들게 하기 위해 찾아든 것이 아니라,

나를 나답게 만들어주고

참 나를 찾아가게 만들어주는 이정표일지도 모릅니다.

친구란…?

〈만종〉으로 유명한 화가 밀레에게는

특별한 친구가 있었습니다.

『에밀』을 집필한 자연철학자 루소였습니다.

젊은 시절 끼니를 걱정할 만큼 가난했던 밀레는

싸구려 누드 그림을 그려서 연명하는 처지였습니다.

그런 자신이 한없이 부끄러웠던 밀레는

어느 날 굳은 결심을 했습니다.

굶어 죽을지언정 더 이상 누드 그림을 그리지 않고

자신이 원하는 농촌풍경만을 그리기로 한 것입니다.

하지만 현실은 냉정했고 배고픔은 가혹하기만 했습니다.

루소는 안타까운 마음으로 밀레를 지켜볼 뿐,

도와주고 싶어도 선뜻 말을 꺼내지도 못했습니다.

누구보다도 자존심 강한 친구라는 걸

알기 때문이었습니다.

하루는 루소가 밝은 표정으로

밀레의 작업실을 찾아왔습니다.

"여보게, 드디어 자네 그림을 사겠다는 사람이 나타났네.

그림 값으로 무려 300프랑이나 받았다네."

루소는 밀레에게 300프랑을 쥐어주고는

그림 한 점을 들고 나왔습니다.

덕분에 밀레는 생활고를 잊고

창작에 몰두할 수 있었습니다.

그로부터 몇 년 후,

유명 화가가 된 밀레가 친구 루소의 집을 찾아갔습니다.

그곳에서 밀레는 깜짝 놀랐습니다.

바로 몇 년 전 300프랑을 받고 팔았던
자신의 그림이 루소의 방에 걸려 있었던 것입니다.
그제야 밀레는 루소의 깊은 마음을 알아채고
눈시울이 뜨거워졌습니다.
두 사람의 우정을 확인시켜준 그 그림은
〈접목하는 농부〉라는 작품이었습니다.

인디언들에게 친구란,
'내 슬픔을 자기 등에 지고 가는 사람'
이란 뜻이라고 합니다.

내 슬픔을 자기 등에 지고 가는 사람!
생각만으로도 든든하고 고마운 존재 아닌가요?

진짜 공부를 한 사람

철학자, 신학자, 음악가로 장래가 보장됐던 수재였지만
그 모든 것을 내려놓고 생의 마지막 순간까지
적도 아프리카의 랑바레네 원시림 속에서
아프리카인들을 위해 봉사활동을 했던 슈바이처 박사.
1952년 노벨평화상을 수상한 그는
상금 전액을 나환자촌을 세우는 데 내놓기도 했습니다.

그가 노벨상을 수상하고
아프리카 주민들을 위한 기금 조성을 위해
독일의 고향 마을을 방문했을 때의 일이었습니다.
구름처럼 모여든 환영객들 앞에 기차가 도착했지만
한참을 기다려도 박사의 모습은 보이지 않았습니다.

그는 1등석이 아닌 뒤쪽 3등석을 이용했던 것입니다.

한 기자가 슈바이처에게 물었습니다.
"박사님, 왜 3등석에서 내리신 겁니까?"
그러자 슈바이처는 웃으면서 대답했다.
"이 열차엔 4등석이 없어서요."

사실 그는 기차를 타고 오는 동안에도
가난한 사람들의 진료를 위해 3등석을 이용했던 것입니다.

아프리카에서 병원을 지을 때는 이런 일도 있었습니다.
박사가 손수 벽돌을 찍고 나무를 베는 등
잡일을 도맡아 하고 있는데
옆에서 흑인 청년 한 명이 물끄러미 서 있었습니다.
"청년, 그렇게 서 있지만 말고 나 좀 도와주게."
슈바이처의 말에 청년은 이렇게 대답했습니다.
"저는 공부를 한 사람이라 그런 노동은 안 합니다."
그러자 슈바이처는 이렇게 말했습니다.

"나도 학생 때는 그런 말을 했네만
공부를 많이 한 후엔 아무 일이나 한다네."

진짜 공부를 한 사람의 모습을 평생 동안 보여준 이가
바로 슈바이처 박사입니다.

서커스단의 코끼리

'서커스단의 코끼리'란 말이 있습니다.

서커스단의 코끼리는 공연이 없을 때
밧줄이나 사슬에 묶인 채로 얌전하게 앉아 있는데,
사실은 1톤이 넘는 코끼리가 마음만 먹으면
얼마든지 끊을 수 있는 것이라고 합니다.
하지만 코끼리는 시도조차 해보지 않습니다.
이유는 어린 시절의 기억 때문이라고 합니다.

코끼리는 아주 어릴 때부터 데려와서 조련을 합니다.
어린 코끼리는 아이들처럼 마음껏 뛰어놀고 싶어 하지만
자신의 발에 묶인 사슬 때문에

원하는 대로 움직일 수가 없습니다.

어린 코끼리의 힘으로는 도저히 풀 수 없게

단단하게 만들어진 것입니다.

어린 코끼리는 수도 없이 탈출을 시도해 보았다가

뜻대로 되지 않는다는 것을 깨닫고

결국은 포기하게 된다고 합니다.

세월이 흘러 코끼리가 1톤이 넘는 거구로 성장해도

그 생각에는 변함이 없다고 합니다.

자신이 가진 힘의 1%만 써도 끊어지는 줄인데도

코끼리는 끊을 수 없다고 단정하고

시도조차 하지 않는 것입니다.

코끼리는 거대한 사슬에 묶여 있는 것이 아니라

나약한 마음의 족쇄에 스스로를 가두고 있는 것입니다.

우리 마음에도 '서커스단의 코끼리'가 살고 있습니다.

막연한 두려움에 머뭇거릴 때,

쓸데없는 걱정으로 주저앉아 있을 때
우리 마음 속에 '서커스단의 코끼리'가
한 뼘 한 뼘 자라나고 있는 것입니다.

자잘한 것들

보통 우린 살면서

큰 상 한 번 못 타죠.

퓰리처상, 노벨상, 토니상, 에미상.

그래도 자잘한 기쁨들은 다 우리 거예요.

등을 토닥여주는 손,

귓불 뒤로 스치는 입맞춤,

10킬로그램 월척,

꽉 찬 보름달,

때마침 딱 한 칸 비어 있는 주차 공간,

타닥타닥 타오르는 벽난로,

맛있는 한 끼,

황홀한 노을,

따뜻한 국물 한 그릇, 시원한 맥주 한 잔….

대박 한번 쳐보겠다고 안달복달하지 말고

아주 자잘한 기쁨들 즐겨도 되잖아요.

그런 자잘한 기쁨들은 우리 곁에 널리고 널렸으니까요.

유나이티드 테크놀로지의 광고 카피입니다.

일상에서 찾아내는 자잘한 기쁨들,

그것을 우리는 행복이라고 부릅니다.

지금 이 순간에도

행복은 당신의 주변을 맴돌며

당신이 알아채주기만을 기다리고 있습니다.

가끔은 발밑도 한 번 내려다보고

차분하게 주변을 돌아봅시다.

산을 오를 때는 미처 보지 못했던 것들이

산을 내려올 때 비로소 보이기노 합니다.

피그말리온 효과

1968년,

미국 하버드대 사회 심리학과 로버트 로젠탈 교수는

샌프란시스코의 한 초등학교에서

특별한 실험을 진행했습니다.

전교생을 대상으로 지능검사를 한 다음,

검사 결과와는 상관없이

한 반에서 20%의 학생들을 선발했습니다.

그렇게 선발한 학생 명단을 담임교사들에게 전달하면서

로젠탈 교수는 이렇게 말했습니다.

"이 아이들이 지적능력과 학업성취도에서

가능성이 높은 아이들입니다."

교사들은 로젠탈 교수의 말을 곧이곧대로 믿었습니다.

8개월 후, 그 초등학교를 다시 찾은 로젠탈 교수는

동일한 방법으로 지능검사를 실시했습니다.

결과는 놀라웠습니다.

무작위로 선발한 20%에 해당됐던 학생들의 평균점수가

다른 학생들보다 높게 나왔고

학업성적 또한 크게 향상되었던 것입니다.

그 이유는 담임교사들에게 있었습니다.

담임교사들은 로젠탈 교수가 선발한 학생들에게

특별한 관심을 가지고 지속적인 기대와 격려를 아끼지

않았던 것입니다.

그것에 고무된 학생들은 향상된 성적으로 보답했습니다.

이렇게 타인의 사랑과 관심으로

좋은 결과를 이끌어내는 것을

피그말리온 효과(로젠탈 효과)라고 부릅니다.

칭찬은 고래도 춤추게 하고,

사랑과 관심은 사람을 성상시키는 최고의 비결입니다.

함께한다는 것

"빨리 가려거든 혼자서 가고
멀리 가려거든 함께 가라.
빨리 가려거든 직선으로 가고
멀리 가려거든 곡선으로 가라.
외나무가 되려거든 혼자 서고
푸른 숲이 되려거든 함께 서라."

미국의 부통령을 지낸 엘 고어가
어느 강연에서 인용하면서 널리 알려진
인디언 속담입니다.

인생을 살아가면서 어떤 상황에 처하더라도

그 순간을 누군가와 함께한다는 것은
참으로 행복하고 축복받은 일입니다.

바야흐로 백세시대입니다
독야청청, 혼자 잘 먹고 잘 살기에는
너무 멀고도 먼 인생 여정입니다.
함께 손을 맞잡고 천천히 갑시다.

넘침을 경계하며

계영배戒盈杯.

조선시대에 만들어진 술잔의 이름입니다.

이 술잔에 70%가 넘게 술을 따르면

술이 모두 밑으로 흘러내린다고 합니다.

과음을 경계하기 위해 만들어진 술잔이라고 하여

절주배節酒杯라고도 부릅니다.

그것이 술이든, 우리의 욕심이든

지나치거나 넘침을 경계하는 상징으로 쓰입니다.

'지나침은 미치지 못한 것과 같다'는 뜻으로

과유불급過猶不及이란 말도 있습니다.

영어에는 'Less is More'라는 말이 있습니다.

'조금 부족해 보이는 것이 더 좋다'는 뜻입니다.

현대건축의 3대 거장의 한사람으로 불리는

미스 반 데어 로에Mies Van Der Rohe가 사용한 말로

단순미, 간결미, 절제미를 강조한 말입니다.

플라톤은 말합니다.

"행복이란 적당히 모자란 가운데

그 부족분을 채우기 위해 노력하는 것이다."

그러고 보면

인생살이에서 가장 어려운 것이

'적당히'인 것 같습니다.

하쿠나 마타타 Hakuna matata!

"걱정의 40%는

절대 현실로 일어나지 않는다.

걱정의 30%는

이미 일어난 일에 대한 것이다.

걱정의 22%는

사소한 고민이다.

걱정의 4%는

우리 힘으로 어쩔 도리가 없는 일에 대한 것이다.

나머지 걱정의 4%는

우리가 바꿔 놓을 수 없는 일에 대한 것이다."

어니 J. 젤린스키의 저서

《모르고 사는 즐거움》에 나오는 글입니다.

쓸데없는 걱정을 안고 사는 것은
동서양이 크게 다르지 않은 것 같습니다.
이처럼 하지 않아도 될 걱정을 하는 것을
한자어로 기우杞憂라고 표현합니다.
'옛날 기杞 나라에 살던 한 사람이
하늘이 무너지고 땅이 꺼져서
몸을 망치고 몸 둘 곳조차 없어질까 봐 걱정한 나머지
자고 먹는 일마저 그쳤다(杞國有人 憂天地崩墜 身亡無所倚 廢寢食者)'는 고사에서 유래한 말이라고 합니다.

걱정거리가 생겼을 땐 주문을 외워 봅시다.
하쿠나 마타타Hakuna matata!
스와힐리어로 "걱정거리가 없다"는 뜻입니다.
애니메이션 〈라이온 킹〉에 나온 대사로도 유명한데요,
우리말로 표현하면 이렇습니다.
"걱정하지 마." 또는 "잘 될 거야."

인도 영화 〈세 얼간이〉에 나오는 주문도 사용해 보세요.

All is well! All is well!

그래요, 걱정하지 마세요.

다 잘 될 겁니다.

"앞날에 대한 걱정은 미래에 맡겨두자.

나는 지금을 잘 살아나가면 되는 거야!"

세계적인 팝가수 마돈나의 말입니다.

1초 동안 할 수 있는 일

"처음 뵙겠습니다."

이 1초의 짧은 말에서 운명을 느낄 때가 있다.

"고마워요."

이 1초의 짧은 말에서 사람의 따뜻함을 알 때가 있다.

"힘내세요."

이 1초의 짧은 말에서 용기가 되살아날 때가 있다.

"축하해요."

이 1초의 짧은 말에서 행복이 넘치는 때가 있다.

"용서해 주세요."

이 1초의 짧은 말에서 인간의 약한 모습을 볼 때가 있다.

"안녕."

이 1초의 짧은 말로 영원히 이별할 때가 있다.

우리는 1초에 기뻐하고 1초에 운다.

일생에 걸쳐 열심히, 한 순간……

지난해 인터넷을 달구며 많은 이들에게 회자되었던
일본의 세이코 시계 광고 카피입니다.

1초 동안 할 수 있는 일이 생각보다 많죠?
내게 주어진 1초를 어떻게 사용하느냐에 따라서
누군가에게 감동을 선사할 수도 있고
때로는 누군가에게 상처를 안겨줄 수도 있습니다.

천재들은 모두 연습벌레

NBA의 살아 있는 전설이자
농구의 황제로 불리는 마이클 조던.
그는 과연 타고난 천재였을까요?

조던과 함께 올림픽에서 금메달을 목에 걸었던
스티브 엘포드는 그를 이렇게 기억합니다.

"그는 플로어에 제일 먼저 나와서
제일 나중에 떠나는 사람이었습니다."

조던의 신기에 가까운 드리블과 환상적인 덩크슛은
남모르게 흘린 땀과 피나는 노력의 결실이었습니다.

전설적인 바이올리니스트 아이작 스턴.

그에게 어느 날 한 음악가가 말했습니다.

"당신처럼 연주할 수만 있다면

제 목숨이라도 바치겠습니다."

그 말을 들은 아이작 스턴은 이렇게 대답했습니다.

"제가 한 일이 그겁니다."

천부적인 재능을 타고날 수는 있지만

그들 모두가 누구나 천재가 되는 것은 아닙니다.

세상을 움직였던 천재들은 모두

지독한 연습벌레들이었습니다.

세상에 공짜란 없습니다.

꿀벌은 한 번의 비행에

30~50밀리그램의 꿀을 가져온다고 합니다.

꿀벌 한 마리가 1kg의 꿀을 얻기 위해서는

무려 4만 번 이상의 비행을 해야 하는 것입니다.

마음이 아름다우니 세상이 아름다워라

밉게 보면 잡초 아닌 풀이 없고
곱게 보면 꽃 아닌 사람이 없으되
내가 잡초 되기 싫으니
그대를 꽃으로 볼 일이로다

털려고 들면 먼지 없는 이 없고
덮으려고 들면 못 덮을 허물 없으되
누구의 눈에 들기는 힘들어도
그 눈 밖에 나기는 한 순간이더라

귀가 얇은 자는
그 입 또한 가랑잎처럼 가볍고
귀가 두꺼운 자는
그 입 또한 바위처럼 무거운 법
생각이 깊은 자여!

그대는 남의 말을 내 말처럼 하리라

겸손은 사람을 머물게 하고
칭찬은 사람을 가깝게 하고
넓음은 사람을 따르게 하고
깊음은 사람을 감동케 하니
마음이 아름다운 자여!
그대 그 향기에 세상이 아름다워라

−詩, 이채

좋은 아침

엮은이 | 곽동언
펴낸이 | 우지형

인 쇄 | 하정문화사
제 본 | 동호문화
일러스트 | 방승조
디자인 | Gem

펴낸곳 | 나무한그루
주소 | 서울시 마포구 동교동 165-8 엘지팰리스빌딩 727호
전화 | (02)333-9028 팩스 | (02)333-9038
E-mail | namuhanguru@empal.com
출판등록 제313-2004-000156호

ISBN 978-89-91824-43-0 03810
값 3,800원

이 도서의 국립중앙도서관 출판시도서목록(CIP)은
서지정보유통지원시스템 홈페이지(http://seoji.nl.go.kr)와
국가자료공동목록시스템(http://www.nl.go.kr/kolisnet)에서 이용하실 수 있습니다.
(CIP제어번호: CIP2013018542)